QUELQUES MOTS

M. VINCENT PATER

QUELQUES MOTS

SUR

M. VINCENT PATER

CHANOINE D'HONNEUR

CURÉ DE LA PAROISSE DE SAINT-BONAVENTURE

> Quæ placita sunt (Deo) facio semper.
> (JOANN., VIII, 29.)

LYON

GIRARD ET JOSSERAND, IMPRIMEURS-LIBRAIRES

Place Bellecour, 30

1860

M. VINCENT PATER

CURÉ DE SAINT-BONAVENTURE

Le 15 décembre de l'année qui vient de finir, une foule immense d'ecclésiastiques et de pieux laïques remplissait la vaste église de Saint-Bonaventure, et mêlait ses larmes à celles du clergé et des fidèles de cette paroisse, cruellement frappés par la perte inattendue de leur bien-aimé pasteur. M. Vincent Pater venait de terminer par une sainte mort sa longue et fructueuse carrière sacerdotale.

Témoins de l'unanimité des regrets que fait naître la perte de ce cher et vénérable curé, encore tout embaumés des sublimes exemples de foi ardente et de patience héroïque qu'il nous a donnés sur son lit de douleur, nous croyons répondre au désir de ses nombreux amis en racontant les grâces que le bon Dieu lui a faites avant de l'appeler à la récompense de ses vertus. D'ailleurs, la mort du juste est, de l'avis de tous, la prédication la plus éloquente, le bon exemple le plus persuasif, et le Seigneur, qui s'était servi de M. Pater pour opérer tant de bien dans les âmes, a voulu qu'il continuât son ministère de zèle et de charité par le spectacle admirable de sa précieuse mort.

Avant d'en rapporter les édifiants détails, qu'il nous soit permis d'esquisser par quelques traits rapides la vie si remplie, si féconde en bonnes œuvres de notre vénéré défunt. Il est un proverbe vulgaire ainsi conçu : *Telle vie, telle mort;* jamais il ne reçut une plus juste application.

M. Vincent Pater naquit le 25 avril 1790 de parents plus remarquables par leur probité et leurs vertus patriarcales que par leur fortune. Sa première éducation religieuse se fit dans les *chambres* où se retiraient les fidèles ministres de Dieu pour se dérober à la hache révolutionnaire. A l'ouverture de l'église de Saint-Louis, M. l'abbé de Verdun, nommé vicaire de cette paroisse, charmé de la douceur et de la modestie du jeune Pater, forma le projet de le consacrer au service des saints autels. Encouragé par les conseils de ce bon ecclésiastique, le pieux enfant commença ses études chez un M. Michaud, maître de pension.

Aux petits séminaires de Saint-Jean, de l'Argentière et d'Alix, où il fut envoyé pour parcourir le cercle des études scholastiques, il se fit toujours remarquer par une application soutenue, une régularité constante. Son caractère était sérieux mais doux, son commerce aimable et facile. Il retrouva au séminaire, en 1812, son ami particulier, Mgr Mioland, de sainte mémoire, avec lequel il avait fait sa première communion, et dont la mort récente l'a profondément affecté.

Il fut promu au sacerdoce pendant les Cent-Jours, en 1815. Il ne fallait pas un médiocre courage pour gravir les degrés du sanctuaire à cette époque néfaste où nos rues retentissaient de ces cris horribles : *Vive l'enfer ! à bas le paradis !* Mais M. Pater avait pris pour devise cette parole du divin Maître : *Quæ placita sunt ei facio semper.* « Je veux faire toujours ce qui est plus agréable à mon Père. »

Vicaire à Charlieu de 1815 à 1817, à Saint-Louis de Lyon de 1817 à 1822, puis curé à Brignais de 1822 à 1829, il sut toujours se concilier l'affection et le respect de ses paroissiens par sa charité, son dévouement, son application constante à les instruire, sa fermeté pleine de mansuétude et de prudence. L'église de Brignais était insuffisante pour la population de cette paroisse, il la fit agrandir. Il contribua plus que personne à l'établissement d'une maison de dames Saint-Charles à Brignais. Cette maison, parvenue à un degré si remarquable de prospérité, a toujours considéré M. Pater comme son principal fondateur.

En 1829, Mgr l'archevêque d'Amasie le nomma curé de la paroisse de Vaise. Tout était à faire dans cette portion de la vigne du Seigneur. Son zèle fut aussi grand que la tâche était difficile. Nous en trouvons le glorieux témoignage dans la belle déclaration inscrite sur les registres de la paroisse de Vaise le 24 janvier 1844, époque de la translation de M. Pater à la cure de Saint-Bonaventure ; nous citons textuellement :

« Après la séance, les fabriciens se lèvent et environnent
« M. le curé; chacun lui exprime en termes énergiques le
« profond chagrin que tous éprouvent de le perdre. Pendant
« seize ans M. Pater a administré la paroisse de Vaise; il a
« pris part à nos joies et à nos douleurs; il a été l'appui du
« faible, le secours du pauvre, le consolateur des affligés,
« l'ami, le père de tous. Il a ranimé l'esprit religieux, qu'il
« avait trouvé affaibli à son arrivée; il a créé ou réorganisé
« les œuvres de piété, de zèle et de charité. Dans des mo-
« ments d'orages politiques, il a su ménager toutes les sus-
« ceptibilités et prouver que la religion appelle à elle tous les
« partis. Pendant la terrible inondation de 1840, il a été
« la providence des naufragés; pour leur être utile, pour
« les sauver, il a partagé tous leurs dangers; son presbytère
« a été pour eux le port du salut; il les y a recueillis; il leur
« a procuré des aliments, des vêtements et de nombreuses
« ressources pour effacer les ravages du fléau. Au moment
« même où il nous a été enlevé, il secondait, dirigeait nos
« efforts pour la reconstruction de notre église, et il y con-
« tribuait de ses deniers dans une proportion que son zèle
« charitable a pu seul ne pas juger au-dessus de ses forces.
« Les fabriciens, interprètes de la reconnaissance publique,
« ont voulu en consigner le témoignage sur le registre de
« leurs délibérations, et pour dernière preuve de leur es-
« time, de leur respect et de leur affection, ils demandent à
« Dieu de ne jamais donner à leur paroisse que des pas-
« teurs qui lui ressemblent. »

M. Pater trouva à Saint-Bonaventure une ample matière à

son zèle. Il n'est pas facile d'énumérer tous les travaux que ce pasteur infatigable a entrepris et menés à bonne fin, toutes les œuvres qu'il a fondées et soutenues. On ne sait ce qu'il faut le plus admirer, de son activité persévérante à poursuivre la restauration complète de Saint-Bonaventure, ou du bon goût et du respect pour les traditions archéologiques qu'il a montrés dans cette restauration, ou de sa pieuse habileté à se procurer les ressources destinées à en couvrir les frais.

Un magnifique jeu d'orgues qu'il paya de ses deniers, les dalles de l'église entièrement renouvelées, le pavé du chœur, le grand autel, les chapelles du Christ, du Sacré-Cœur, de Saint-Joseph, de Saint-Antoine de Padoue, de Sainte-Elisabeth, de Notre-Dame de Pitié et des Saints-Anges, la nouvelle façade de l'église, les belles verrières du chœur, de la grande nef et des chapelles, sont les monuments impérissables de son amour pour la gloire de la maison de Dieu.

Tout en poursuivant avec ardeur ces travaux de restauration, il s'appliquait à édifier la piété des fidèles, en développant à leurs regards toute la majesté du culte extérieur; il en prévoyait et ordonnait lui-même les moindres détails. C'est grâce à son initiative que la manécanterie de Saint-Bonaventure, habilement dirigée, rehausse la pompe des cérémonies par l'exécution remarquable de chants vraiment religieux.

Son zèle ne se bornait pas à l'embellissement des temples matériels, le soin des malheureux le préoccupait vivement.

*

Il le montra bien en appelant à son aide les sœurs de Saint-Vincent-de Paul, qu'il établit dans la maison située au chevet de l'église. « C'est leur mission, disait-il ; ces pieuses filles « savent mieux que nous discerner les vrais pauvres, et « sont plus habiles à soulager leurs besoins. » Quelque temps après, il fonda, avec le généreux concours des demoiselles de la paroisse, un orphelinat pour les petites filles. Cette œuvre, il le répétait souvent, a été une des plus douces consolations de son ministère.

L'année 1855 vit s'opérer de grands changements dans la paroisse ; les vieux quartiers disparurent sous le marteau des démolisseurs, et, par ce fait, la famille de Saint-Bonaventure perdit une grande partie de ses membres, obligés de fixer ailleurs leur résidence. M. Pater gémissait du départ forcé de ses chers enfants, et cependant il imposa silence à sa douleur, en vue du bien général. Il approuvait hautement les réformes nécessaires à la salubrité de la ville et au bien-être des habitants. Sa prudence et son esprit de conciliation lui avaient acquis l'estime des administrateurs de notre cité ; ils le prouvèrent en l'invitant à bénir la première pierre du palais du Commerce, ainsi que les premières constructions de la rue Impériale et de la rue de la Bourse. Grâce à l'influence de M. Pater, la religion était honorée, et son divin patronage reconnu sur des entreprises qui paraissaient lui être totalement étrangères.

Mais il fallait combler les vides produits dans les pieuses associations par le départ des anciens paroissiens. La confrérie du Saint-Sacrement et la société des Dames de l'Œuvre étaient presque entièrement désorganisées. On ne pourrait assez louer l'activité qu'il déploya pour remplacer les membres absents et pour inspirer aux nouveaux venus l'esprit paroissial. Visites à domicile, assemblées, prédications, il mit tout en œuvre pour parvenir à ce but si digne de son zèle pastoral.

Il eut, quelques jours avant sa mort, la consolation de réaliser un projet qu'il méditait depuis longtemps : c'était de convier les dames de charité aux exercices d'une retraite prêchée spécialement pour elles à Saint-Bonaventure. « Elles « se verront, disait-il, elles apprendront à se connaître et « à s'aimer, et ainsi renaîtra l'esprit de famille. » Ces dames répondirent en si grand nombre à son appel, que le local destiné aux exercices de la retraite fut trouvé insuffisant ; et M. Pater, tout rayonnant de joie, disait au prédicateur : « N'est-il pas vrai, mon père, que ma paroisse est bonne ? « Oh ! il y a de la piété dans ma paroisse ! »

Mais, entre toutes les œuvres, celle qu'il chérissait le plus, l'œuvre de son cœur, c'était sa manécanterie. Que de sacrifices il s'est imposés pour la soutenir ! « On ne saurait « trop favoriser, disait-il, une institution si précieuse, si « conforme à l'esprit de l'Eglise et des conciles. » Son plus grand bonheur était de se rappeler et de revoir les excellents prêtres, anciens élèves de cette école cléricale.

Ne semble-t-il pas que cette multiplicité d'œuvres diverses dût tellement préoccuper M. Pater, qu'il ne se livrât à aucun autre soin ? Et cependant nous le voyions chaque jour passer de longues heures au confessionnal ; nous le voyions chaque jour lire attentivement les livres de science sacrée et les livres sérieux de la littérature contemporaine. Il prêchait souvent à la Messe, aux Vêpres, et on ne se lassait jamais de l'entendre, tant il charmait ses auditeurs par la piquante opportunité de ses avis, par sa profonde connaissance des mœurs et des besoins de notre époque.

Chose étonnante! dans une telle complication d'affaires, il conservait un calme parfait; une douce sérénité rayonnait sur son noble visage. Sa conversation était intéressante, souvent enjouée. Il faisait les honneurs de sa table avec une aisance aussi exempte de prétention que de banale familiarité. Il était surtout heureux d'accueillir ses anciens vicaires, qu'il regardait comme ses enfants. Chaque année, il allait s'installer pour quelques jours au presbytère de l'un ou de l'autre de ces messieurs; c'est ce qu'il appelait sa visite pastorale.

Il n'est pas surprenant que les familles pieuses de sa paroisse, ou plutôt de toute la ville, se disputassent l'honneur de le recevoir : il les édifiait par la gravité vraiment sacerdotale qui présidait à tous ses actes, en même temps qu'il les charmait par la parfaite convenance de ses manières et son exquise affabilité.

Où puisait-il cette force d'âme qui lui permettait de s'acquitter comme en se jouant des devoirs multipliés et difficiles que son zèle lui avait imposés? Dans une inaltérable confiance en Dieu, fondée sur la plus parfaite pureté d'intention; c'est ici le lieu de rappeler sa devise : *Quæ placita sunt ei facio semper*. Il faisait l'œuvre de Dieu, et se reposait sur Dieu du soin de faire prospérer son œuvre.

Cependant une pensée, une seule, paraissait le préoccuper vivement, sans le troubler toutefois : c'était la pensée de sa fin prochaine ; il en parlait souvent et à tout propos. S'agissait-il d'acheter quelque ouvrage considérable de théologie ou de littérature : « Achetez-le, messieurs, nous disait-« il, vous êtes jeunes ; à mon âge, il ne faut plus penser qu'à « se préparer à la mort. »

Lui parlait-on du voyage de Rome ou de la Terre-Sainte : « Je suis trop vieux, répondait-il, je n'aspire plus qu'à voir « la Jérusalem céleste. — Vous vous réjouissez de fêter « ma cinquantaine (il avait quarante-cinq ans de prêtrise) ; « mais c'est au ciel, je l'espère, que je la célébrerai. »

Pendant la retraite qu'il fit à la Grande-Chartreuse au mois d'août 1859, l'idée de la mort fut sa pensée dominante : « Mon âge, l'état de ma santé me répètent sans cesse ces « paroles de notre Seigneur : *Estote parati !* Je prends la « résolution de faire souvent l'exercice de la préparation à la « mort, qui me touche de près. — Mon ami, disait-il à son « neveu, compagnon de sa solitude, cette retraite est la « dernière de ma vie. »

Appelé à consoler les derniers moments de M. le docteur Bonnet, dont il dirigeait la conscience depuis plusieurs années, il ne cessait de nous dire après avoir accompli sa mission : « Ah ! quel saint homme ! quelle belle mort ! Je ne « demande qu'une grâce au bon Dieu, c'est de mourir avec « les dispositions de ce cher docteur. » Hélas ! nous ne pensions pas que sa prière fût si tôt exaucée.

Rien ne nous faisait prévoir ce malheur. La santé de

notre cher curé, toujours chancelante par suite d'une chute grave qu'il avait faite dans un de ses voyages, nous paraissait sensiblement meilleure que les années précédentes. Il travaillait avec une ardeur pour ainsi dire juvénile, et semblait n'en ressentir aucune fatigue. Dieu lui réservait la grâce inestimable de mourir sur le champ de bataille, comme un vaillant soldat.

Le mardi 6 décembre, à trois heures du soir, il fut saisi par le froid en traversant une de nos places ; mais, croyant son indisposition légère, il refusa de monter au presbytère, et se rendit au confessionnal, d'où il ne sortit qu'à six heures. Le lendemain, après avoir célébré le saint sacrifice, qu'il eut beaucoup de peine à achever, il voulut encore adresser quelques paroles de félicitation aux Dames de l'Œuvre sur leur empressement à suivre les exercices de la retraite ; puis, malgré son extrême fatigue, il entendit les confessions jusqu'au milieu du jour. Mais il était à bout de forces, et il consentit enfin à se mettre au lit.

Quoiqu'il ne comprît pas encore l'imminence du danger, il sentait dès lors toute la gravité de sa maladie. « Monsieur « le curé, lui disions-nous, votre indisposition n'aura pas de « suites fâcheuses, cela ne sera rien. — Que vous vous « trompez, mes amis ! Je suis gravement malade ; mais que « voulez-vous ? il faut payer son tribut : c'est à mon tour « cette fois. — Oh ! monsieur le curé, le bon Dieu nous pré- « servera de ce malheur. — Mais non, répondait-il, ce n'est « pas un malheur ; au contraire, le plus grand bonheur est « de s'en aller de ce monde. »

M. le docteur Lagaite, qui, dans plusieurs circonstances de la vie de M. Pater, et notamment à l'occasion de sa chute, lui avait prodigué des soins aussi intelligents que dévoués; voyant que, malgré ses efforts combinés avec ceux de M. le docteur Girin, l'état de notre vénérable malade offrait des symptômes de plus en plus alarmants, s'adjoignit en consultation un troisième médecin, M. le docteur Gignoux.

La vue de trois médecins réunis fortifia dans l'esprit de M. Pater la conviction de sa mort prochaine. Il retint M. Gignoux : « Parlez-moi sans crainte, lui dit-il, que pen- « sez-vous? Je suis bien malade, n'est-ce pas? Croyez-vous « que je puisse attendre à la semaine prochaine pour me « faire administrer les derniers sacrements? Que feriez-vous « à ma place? — A votre place, monsieur le curé, je de- « manderais à être administré. — Oh! merci de votre fran- « chise, je sais maintenant ce que j'ai à faire, merci! » Et tout aussitôt notre pieux malade pria un de ses vicaires de se rendre en toute hâte au presbytère d'Ainay; il désirait recevoir de son vieil ami, M. Boué, les suprêmes consolations de la religion.

C'est le dimanche 11 décembre, à neuf heures du matin, qu'eut lieu cette touchante cérémonie. Le saint Viatique, porté par M. le curé d'Ainay, avait pour cortége le clergé de la paroisse, les élèves de l'école cléricale, les fabriciens et un grand nombre de confrères du Saint-Sacrement. M. Pater avait demandé à voir autour de son lit de douleur cette portion la plus chérie de son troupeau.

Les cérémonies de l'Eglise, dans l'administration des

derniers sacrements, ont une solennité imposante, surtout quand le malade est revêtu du caractère sacerdotal. A ce ministre de la parole de Dieu on demande la profession publique de sa foi, la récitation du Symbole qu'il a si souvent enseigné lui-même aux fidèles; puis, avant de lui donner le pain des forts, l'aliment de la vie du prêtre, celui qui est chargé de l'administration et tous les assistants récitent alternativement l'hymne d'actions de grâces, le beau cantique *Te Deum laudamus*. Après ces mots : *Fiat misericordia tua, Domine, super nos, quemadmodum speravimus in te*, tous s'arrêtent, et le malade seul prononce les dernières paroles si bien placées dans la bouche d'un mourant : *In te, Domine, speravi, non confundar in æternum.* « J'ai mis mon espérance en vous, Seigneur; je ne serai pas confondu dans l'éternité. »

Ce cantique d'actions de grâces, en face de la mort, est l'admirable expression de la foi de l'Eglise catholique. Dans sa sublime doctrine, la mort n'est qu'un passage, et le mourant un de ses plus chers enfants qui va partir pour la patrie; elle le félicite de quitter cette vallée de larmes, et remercie Dieu du bonheur qu'il prépare à son fidèle serviteur.

M. Pater prononça ces prières d'un ton ferme et plein de dignité. Nous pleurions tous aux accents de cette voix si chère; lui seul, calme et recueilli, semblait présider l'auguste cérémonie. Mais lorsque M. le curé d'Ainay, après avoir donné à notre vénéré malade le divin Consolateur, le pria de nous bénir pour la dernière fois, l'émotion n'eut plus de bornes, et ce fut au milieu des sanglots de tous les assistants que M. Pater nous adressa cette allocution, que nous reproduisons dans sa touchante simplicité :

« Mon cher confrère, dit-il d'abord à M. Boué, je vous
« remercie de l'insigne service que vous venez de me
« rendre : c'est une nouvelle preuve de la vieille amitié qui
« nous lie. Sur le point de paraître devant Dieu, comme cette
« cérémonie me l'annonce, j'éprouve le désir de dire quel-
« ques mots sur les seize années que j'ai passées à Saint-
« Bonaventure. Quand je suis venu dans cette paroisse, j'ai
« senti mon courage près de défaillir en comparant ma fai-
« blesse aux difficultés de la tâche qui m'était imposée ; mais
« j'ai bientôt repris courage en voyant des fabriciens animés
« de si bonnes intentions, si dévoués à leur curé, si éloignés
« de lui causer la moindre peine. J'ai trouvé des vicaires
« qui se distinguaient autant par leur intelligence que par
« leur zèle ; ils ont été remplacés par d'autres qui ont con-
« tinué leur œuvre avec le même dévouement. Dans tous
« les rapports que j'ai eus avec eux, j'ai toujours cherché
« à les rendre heureux ; je n'ai peut-être pas toujours
« réussi, et je leur demande pardon à tous de la peine que
« j'ai pu leur causer par la vivacité de mon caractère, par
« quelques moments d'humeur. Ils ont toujours été animés
« du désir de faire le bien ; je les conjure de continuer les
« œuvres pour lesquelles nous avons travaillé ensemble : nos
« congrégations, et surtout notre manécanterie, qui a tou-
« jours été mon œuvre de prédilection, pour laquelle j'ai fait
« beaucoup de sacrifices, à cause du grand bien qu'elle peut
« faire en contribuant à la splendeur du culte et en favorisant

« les vocations ecclésiastiques dans les familles. J'espère
« que le digne successeur qui me sera donné comprendra
« l'importance de cette œuvre, et qu'il saura surmonter
« toutes les difficultés qu'elle rencontre. Je remercie ceux qui
« la dirigent de leur patience et de leur dévouement... Que
« dire des bonnes sœurs de Saint-Vincent de Paul, de ces
« anges de charité qui ne m'ont donné que des consolations
« depuis que j'ai eu l'heureuse idée de les appeler dans
« ma paroisse?...

« Dites bien à mes paroissiens que je pense à eux tous,
« que je les aime tous, les vieillards, la jeunesse, les pères
« et les mères de famille; je voudrais les voir tous auprès
« de moi. Dites-leur bien que je désire leur bonheur à tous,
« que je les porte tous dans mon cœur. Faites-les prier
« pour moi, non pas tant pour demander la prolongation de
« mes jours que pour obtenir de Dieu un heureux passage.
« Il faut être si pur pour paraître devant lui ! Après quarante-
« cinq ans de prêtrise, trente-huit ans de fonctions curiales,
« il y a bien à trembler. Pourtant les miséricordes de Dieu
« sont infinies, et j'espère qu'il me pardonnera. Je vous
« bénis avec plaisir, mes chers collaborateurs ; quand je
« serai dans le ciel, je prierai beaucoup pour vous. Notre
« séparation ne sera qu'une séparation sensible; car,
« comme dit l'Eglise : *Vita mutatur, non tollitur* (1). Je
« vous bénis bien volontiers; je bénis aussi toute ma pa-

----

(1) Pour un chrétien, mourir n'est pas perdre la vie, c'est la changer
en une vie meilleure.

« roisse, et je vous charge de transmettre à mes paroissiens
« mes paroles et ma bénédiction. »

M. Pater prononça ces paroles d'une voix si forte, avec si
peu de fatigue apparente, que nous crûmes à la prolongation
de sa vie. Il nous paraissait impossible d'allier tant de lucidité
dans les pensées et tant de facilité à les exprimer avec l'idée
d'une mort imminente. Hélas ! vain espoir : si M. Pater avait
conservé toute son énergie morale, ses forces physiques di-
minuaient avec une effrayante rapidité. La nuit du dimanche
au lundi fut très-mauvaise. « Je suis dans une fâcheuse po-
« sition, disait-il à la sœur de Bon-Secours qui veillait auprès
« de lui. — Monsieur le curé, vous êtes dans la position
« que le bon Dieu veut. — Oh ! oui ; mon Dieu, soyez béni !
« Il n'y a qu'un moyen d'avoir du courage, ajoutait-il en
« montrant la croix, c'est de le puiser là. »

Il était fortement préoccupé, au milieu de ses souffrances, par la pensée du Souverain Pontife menacé dans son
pouvoir temporel. « Et le Pape ? » demandait-il aux rares
visiteurs que nous laissions pénétrer jusqu'à lui. « Et le
« Pape ? Est-il rentré en possession des Romagnes ? Cette
« question est-elle résolue ? »

On lui avait annoncé la prochaine visite de Son Eminence : aussitôt il recommanda lui-même d'éclairer l'esca-
lier un peu sombre du presbytère, et nous pria de faire tous
cortége à Monseigneur. Son Eminence arriva à trois heures.
« Ah ! Monseigneur, que vous êtes bon ! dit le vénérable
« malade. Vous avez été bien souffrant vous-même, et vous
« venez me voir !... J'ai eu la maladresse de me laisser sur-

« prendre par le froid, et c'en est fait, je suis perdu. Ce
« n'est pas la faute de mes médecins, ils m'ont soigné avec
« un zèle admirable. Mais le bon Dieu m'appelle, que sa
« volonté soit faite... J'ai reçu hier les derniers sacrements ;
« tous mes comptes sont en règle... Daignez, Monseigneur,
« me donner votre bénédiction. »

Quelques instants après, comme nous le félicitions du bonheur qu'il avait eu de voir notre premier pasteur : « C'est
« vrai, mais j'aurai bien plus de bonheur encore de voir le
« bon Dieu. Oh ! qu'on est heureux d'être détaché de tout !
« On peut retourner à Dieu comme on est venu. »

Il reçut avec une grande joie la promesse que nous lui
fîmes de lui donner la sainte communion en dévotion au coup
de minuit, et, pour s'y préparer avec plus de soin, il voulut
se confesser, quoiqu'il l'eût déjà fait au commencement de
sa maladie. Il était six heures du soir. A dater de ce moment, il demanda qu'on lui fît toutes les demi-heures une
lecture pour le préparer à la mort, et chaque fois que l'un
de nous s'était acquitté de ce pieux devoir : « C'est bien, mer-
« ci, » répondait-il en s'efforçant de sourire.

A sept heures : « Mes amis, je suis bien mal ; faites-
« moi la recommandation de l'âme ; appliquez-moi l'indul-
« gence plénière. » Nous obéîmes en pleurant ; puis il voulut
bien nous bénir encore.

Les médecins arrivèrent à huit heures : « Merci de vos
« bons soins, mon ami, dit-il au docteur Lagaite ; je n'ai
« plus besoin d'ordonnances maintenant, c'est fini. Ce n'est
« pas votre faute : vous avez fait tout ce que vous avez pu

« pour me tirer de là ; mais il faut bien subir l'arrêt porté
« par le Créateur. — Monsieur le curé , une crise heureuse
« peut encore survenir. — Pourquoi me dites-vous cela ?
« Vous savez bien mieux que moi ce qu'il en est ; vous
« voyez bien que je suis à l'agonie, j'ai le râle de la mort. »
M. Girin s'approcha. M. le curé, lui tendant la main , le re-
mercia de son concours empressé : « Mon sacrifice est fait,
« ajouta-t-il, je suis heureux ; mes vicaires m'ont promis
« de m'apporter le bon Dieu à minuit si je suis encore en
« vie, je suis bien heureux. »

C'était un spectacle navrant de voir ces deux médecins,
aussi habiles que dévoués, se désoler de l'impuissance de
la science humaine, et ne répondre que par des larmes aux
paroles obligeantes du vénérable malade.

Après leur départ, M. le curé, plus occupé de notre
fatigue que de ses souffrances, nous invita plusieurs fois
à prendre du repos : « Allez vous reposer, mes amis ; je dois
« rester encore une grande partie de la nuit sur la croix. —
« Vous souffrez bien , lui dit son neveu ; mon bon oncle ,
« vous faites votre purgatoire. — Oui, c'est bien vrai ,
« cela peut bien compter en effet ; mais quelle heure est-il ?
« sera-ce bientôt minuit ? » Il répétait souvent la même
question , tant il aspirait ardemment au bonheur de recevoir
la sainte communion. Enfin minuit sonna ; un de ses
vicaires lui apporta le divin objet de ses vœux. A la vue du
Saint-Sacrement , le pieux malade se découvrit lui-même de
sa main défaillante. On s'était contenté de déposer l'étole
sur son lit pour ne pas le fatiguer : il voulut qu'elle lui fût

passée au cou, désirant se conformer jusqu'à la fin aux règles de l'Eglise. Après la communion, la sœur de Bon-Secours lui offrait à boire ; il refusa, car il craignait d'avaler quelques gouttes avant la sainte hostie. Nous récitâmes tous ensemble le *Te Deum*, le *Nunc dimittis* et le *Magnificat*, et notre cher malade montrait par le mouvement de ses lèvres qu'il priait avec nous. A ce moment, comme on voulait lui couvrir la tête : « Le Saint-Sacrement est-il encore ici ? » demanda-t-il. Sur la réponse qu'il n'y était plus, il consentit à se laisser couvrir. Puis se tournant vers nous : « Laissez-moi mainte-« nant, mes amis, je suis en bonne compagnie ; allez vous « reposer, j'en ai encore pour quelques heures ; d'ailleurs « on vous avertira quand il en sera temps. » Nous obéîmes, de peur de le contrister ; mais une heure après son neveu nous envoya chercher : notre cher malade entrait en agonie. Cependant il parlait encore, et comme on lui offrait de ré-citer pour lui quelques prières : « Oh ! oui, répondit-il, j'en « ai besoin... vous me ferez plaisir. » Ce fut sa dernière pa-role. Il conserva jusqu'à la fin toute sa connaissance, et chaque fois que son neveu lui présentait le crucifix, il le baisait avec amour. Cette lutte entre la vie et la mort dura une demi-heure, pendant laquelle, agenouillés autour de son lit, nous récitions, autant que la douleur nous le per-mettait, les litanies des Saints et les prières pour les ago-nisants. Enfin, à deux heures moins cinq minutes, l'asphyxie commença, et, quelques secondes après, notre bien-aimé curé rendait sa belle âme à Dieu. M. Pater n'avait pas encore accompli sa soixante et dixième année.

Le sacrifice était consommé ; le bon serviteur allait recevoir la récompense de quarante-cinq ans de fidèles services. Vaillant soldat de Jésus-Christ, il avait bien combattu. Que lui restait-il à attendre, sinon la couronne de justice que le Seigneur réserve à tous ceux qui désirent son avénement ?

En écrivant ces lignes, nous n'avons pas eu la prétention de faire une notice biographique. La vie de M. Pater demanderait une étude plus complète, un travail plus sérieux. Nous avons voulu simplement répondre au désir de ses nombreux amis, qui nous demandaient avec instance quelques détails sur ses derniers moments : heureux si ce témoignage de respect et d'affection que nous donnons à la mémoire de notre vénérable curé peut contribuer au bien des âmes en montrant une fois de plus combien la mort du juste est douce et consolante ; plus heureux encore si, après avoir été témoins des vertus de M. Pater, nous nous appliquons comme lui à faire toujours ce qui plaît à Dieu, pour mériter comme lui de mourir de la mort des saints.

FIN.

Lyon. — Impr. GIRARD et JOSSERAND, rue St-Dominique, 13.